KB003186

롤리팝을 주세요

모악시인선 025

롤리팝을 주세요

김늘

모악

시인의 말

두 강이 만나는 작은 마을이었어요.
여름이면 멀끔한 외지인들이 시끌벅적 모여들었지요.
물길을 잘 알 리 없는 여름의 방문객 중에는
미지의 강에 목숨을 잃는 소년들이 있었습니다.

고적한 마을에 새로운 여름 이야기를 남기던
그들이 온 곳은 어디일까?

모르는 곳을 향한 상상으로
저문 날이면 강바람을 거스르며
마을 끝의 어둑한 다리를 홀로 건너보는 일,
그것이 생애 첫 감행이었습니다.
두근대고 쓸쓸해서 그만두기 힘든 모험의 매혹은
아직도 호주머니에 담겨
끝없이, 마음을 먼 곳으로 이끌어 갑니다.

가끔 바짓부리에 묻어온 풀씨를 떼어낼 때
무심히 지나쳐온 눈빛들이 저릿하게 남아
가만히 손끝을 들여다봅니다.

2021년 가을
김늘

차례

2부 해를 굴리는 지평선

3부 하염없이 피어난다

4부 몽상과 푸른 새벽을 건너

1부
모눈종이처럼
꽃마리처럼

꽃장수

꽃 사세요
아무데나 부려 놓을 수 없이 넘치게 핀 꽃을 사세요
투박한 손이 직접 기른 섬세한 향기를 사세요

어깨 위로 뻗어 나와 꽃을 피운 가지를 사세요
우람한 줄기가 만드는 그늘과
꽃을 짊어진 굽은 등에 찾아오는 지저귐을 사세요
제멋대로 잘라내면
금세 창백해질지 모를 꽃송이를 사세요

등보다 거대한 등짐에서 자라다 등에 뿌리를 내린
왕성한 꽃을 사세요
등짐을 내리지 못해 꽃나무의 몸이 된 사내를 사세요
네 다리를 비스듬히 하고 버티는
당나귀 닮은 사내를 사세요

달은 가장 오래된 텔레비전*

그토록 오랜 사랑을
그토록 오랜 이별을 품고
저리도 달콤하게
저리도 가득해서는
바다 위로 떠올라

환해진 바다는 벅차게 힘껏
푸른 혀를 내밀어 핥아보려 하지만
그건 너무 큰 소망
감당하기 어려운 기쁨

금빛 달의 머리칼에
부르고 또 부른 노래를 얹어도
짭짤한 어둠만 나부껴
모래알로 부서진 노래만 나부껴

육지를 휘젓던 발을 모아
바다로 돌아간 고래의 역사책을 끼고
무성한 바닷말처럼 자란 버드나무를 끌며
해변을 거닐 때

집어등의 눈빛을 달고 바다는 나부껴
닿을 수 없어
둥근 물거품을 만들어
물거품으로 사라지려 해
사라져 닿으려 해

---

*비디오 아티스트 백남준(1932년~2006년)의 설치 작품명에서 따옴.

쾌락의 중추

너는
꽃의 얼굴을 한 부엉이
구름의 탈을 쓴 잠
거룻배의 노래로 하는 약속
사과에 담긴 명랑
연필로 그린 냄새
우산에 묻어온 기차 소리
물거품이 튕기는 얼굴
바다를 녹인 아이스크림
꽃향기와 노는 여우
비를 굽는 오븐
낙엽을 밟는 바이올린
호수를 들어 올린 소금쟁이
바람을 모은 수족관
뿌리가 자라는 손바닥
수국 잎에 고인 동그라미
별을 깨무는 사탕
어둠을 바른 달
봄을 삼킨 웃음
나를 지우는 나

그녀는 긴 혀를 가졌어요

미끈한 혀라고 부를 수도 있겠죠
시상식에 등장하는 배우처럼
붉은 혀의 카펫을 깔아
스스로를 돋보이게 하는 법도 알아요
초점 잃은 시선들을 눈멀게 하는
하, 그녀는 붉은 눈을 가졌어요
살점을 바라보는 불의 눈
현란하게 이글대다
붉은 눈이 되기 위해 눈을 찌르게 하는 매혹
어둠을 만나면 깊게 휘감아
촛불처럼 그윽해지는 숨결
장미꽃 화술로
끓어오른 심장들을 저격해요
안달복달하게 해요
혀를 깨물게도 해요
스스로의 목을 잡고 뚝뚝 분지르게도 해요
능청스런 혀로 털을 다듬고 날름대며
가지고 싶은 것을 골라 가지는
그녀는 달콤한 혀를 가졌어요

Nobody

귀퉁이가 필요해요
검불을 태운 재의 농도가 필요해요
쌀쌀맞지 않은 의자, 시간을 요리하는 상상이 필요하죠
넉넉한 어둠은 밤의 이불처럼 편안해요
딱딱한 등을 가르고 그림자가 태어나기엔 안성맞춤이죠

날마다 백 개의 블라우스
천 개의 구두 굽
만 개의 표정들이 방문해요
거만한 고객들은 신권 지폐처럼
나날이 당당해지죠

별의 운항을 구현했다는 작품 곁에
정연한 이진법이 빛나는 계산대 곁에
설원 빛 변기 곁에서
그 모두를 돌보며 후원하는 나의 구역은 그래서,
모눈종이처럼 단아하고 꽃마리처럼 소박해요

때로는 전설 속 늑대마냥
보름달의 울분을 매달고
걸음을 풍자하는 춤을 추고 잡담을 변주해요

그러나
Everybody, Nobody

모눈종이처럼
꽃마리처럼
우리는 반듯하고
작게 아름다워서
결코 보이지 않아요

봉지

나, 어디서 왔나요?
버려진 강아지처럼
분주한 오후의 거리를 헤매며
나긋하게 차바퀴 사이를 맴돌아도
너풀대는 바람의 어깨에 기대
이팝나무 가로수 사이에서 두리번거려도
누구 하나 대답이 없네요
햇살처럼 맘 좋아 뵈는
오토바이 아저씨 발치께를 감싸보지만
귀찮은 짐승인 양 털어내며
나쁜 꿈을 꾼 얼굴이 되네요
아까시 꽃향내 거리에 차오르고
덥혀진 바람은 손을 내밀어
자꾸만 내 몸을 달뜨게 하는데
흑빛 얼굴에 손마저 찢어진 나는
어디로 가야 하나요?
여린 얼굴로 눈길 사로잡는 꽃도
눈부신 노래를 흩뿌리는 새도
하늘빛 머금는 뭉게구름도 될 수 없는 이상한 나는
어떤 꿈을 꾸어야 하나요?
외딴 길에 버려지는

미심쩍은 뭉치가 되는 것 말고
앙상한 가지에 빌붙어 누추해지는 것 말고
나는 무엇이 될 수 있나요?
왜, 굴러다니는 봉지밖에 될 수 없나요?

반어법의 실패
—페더 세버린 크뢰이어*를 위한 변명

증오합니다
그는 정원의 장미와 새벽의 어부들에게 고백합니다
밤바다의 산책과 마리의 드레스에게
물장구치는 해변의 아이들과 낯설게 만나는 두 빛깔의 바
다에게

내버릴 겁니다
얼룩덜룩한 팔레트와 한쪽으로 기우는 사랑을
뾰족한 해변에서 물새처럼 솟아오르는 연과
연 꼬리에 나풀거리는 스카겐의 바람을

다 잊을 겁니다, 지울 겁니다

그는 반어법을 사랑했고
반어법의 반향을 사랑했으나
삶이 저 혼자
반어로 완성되어 갈 줄은 몰랐다

빛을 사랑할수록 빛을 잃게 될 줄을
가슴에서 퍼 올린 밀어가 폭군의 말이 될 줄은
괴물 같은 자신이 잊힐까 꽃잎처럼 연약해졌을 때

움켜쥔 것들이 손가락 새로 흘러
모래 언덕의 풀잎처럼 하얗게 지워질 것을

울울한 날들

　한때 나는 목을 매러 이 숲을 들락거렸지만 한 수 위 편백의 기다란 술렁거림에 목을 얹고 울다 돌아오곤 했다네

　이른 봄이었고 봄눈이 내렸고 가냘픈 눈은 얼레지 곁에서 쉽게 녹고 쉽게 스며 잊혀졌다네

　백정의 핏빛 오후에도 살구꽃은 피어 담을 넘고 개울을 건너 멀리멀리 달아났다네

　비가 잦아지면 신발을 꿰다 말고 나는 영 갈 곳을 잊고 저물녘 문간에 앉아있고는 했다네

　푸른 새벽마다 한 움큼씩 기억을 잃어가는 노인의 어눌한 입에 남은 이름이 되어 숲의 계절은 또렷해져갔다네

　눈물처럼 시든 잎에 매달린 침묵이 그처럼 또 길고 긴 하루를 맞곤 했다네

목련

작고 보드라운 새
발이 묶여 날지 못하는 어린 새
놀라움에 떠는 흰 새를
두 손으로 폭 감싼 적 있지

맑고 따뜻해서 서러운 감촉

어린 새가
빳빳하게 뒤집혀 있던
절벽 같은 아침도 기억하지
처연한 흰 새가 마지막 발버둥으로 흘린
끝이 누레진 깃털 몇 개도
잊지 못하지

먼지의 바깥
—빌헬름 함메르쉬이* 곁에서

당신이 아니라
당신의 침묵을 붙들게요
어룽대는 나뭇잎 사이
빛이 지나간 자리
상념 많은 걸레질로
소리를 훔쳐 윤을 낸 자리
먼 바다에서 온 편지가 전해준 바람이나
막 시작된 어두운 구름에 대한 이야기
나비를 쫓다 나비 비늘에 눈이 먼
오후에 대한 이야기
당신 손이 아니라 부드러운
당신 목을 감싸며 고백할게요
우리의 기다란 창과
창이 가둔 바깥 거리 사이
견고한 평온과
엷은 대기에 대한 이야기
그러니 쉿!

*빌헬름 함메르쉬이(1864년~1916년) : 덴마크의 화가

느티 그늘 아래

얼마나 많은 별똥이, 얼마나 많은 천둥이
이마 위를 흘러갔나
얼마나 많은 바람이, 얼마나 많은 그늘이
겨드랑이에 머물다 갔나
푸른 잎에 가려진 미약한 주검들이
또 얼마나 자주 아무렇지 않은 변명이 되었나
얼마나 많은 구름과 점괘와 잠들이
쏟아져 흩어졌나, 이야기가 되었나
무거운 오후를 끌며 당도한 느티 그늘에
앞다투는 벌레들이, 새들이 그득하다
피로한 마음을 쉬며
나무의 주름과 얼룩을 세며
말라가는 시든 잎처럼 스러지는
고집과 부끄러움을 바라본다
얼마나 많은 여름이 내 뒤를 따라올까
얼마나 많은 이름 곁에 나는 나인 채로 머물까
얼마나 많은 꽃잎들이, 마른 벌레들이
느티나무를 돌아 아득히 쓸려갈까
지나온 곳을 나는
얼마나 오래 돌아볼까

tl

그런 밤이 흘러갈 때
가까스로 달을 훔쳐
잠들지 않은 아이의 꿈을 비춰

한 번도 귀띔하지 않은 어투로
골라보지 않은 빛깔로 꽃을 꺾어보려 했지
달을 들어낸 적막을 채워
새로운 이야기를 퍼뜨리려

너무 뜨겁고 너무 차가운 달을 만진 손이
흐슬부슬 바스러져 흩어져
뭉툭해져 갈피를 잃어

손이 사라진 밤에
두터운 어둠을 걸치고
훅 불어오는 입맞춤

시로 잉태되지 못하고 가까스로 태어나
멀뚱히 앉아 있는
깨어진 밤의 tl

2부
해를 굴리는 지평선

물끄러미

엄마 롤리팝을 주세요
해를 굴리는 지평선처럼 평평한 혀에
유월의 칸나를 굴리게요
혀를 물들이며 다리를 까딱이며
소음 같은 음악도 씹어보게요
누구에게나
공터 하나씩은 있는 거잖아요
밀림의 게릴라처럼 몸을 낮춰
초록 덤불 사이를 질주하다
외발 위에서 굴리던
둥근 하루에
분홍 하품이 찾아들면
누렁이처럼 몸을 말고
처마에 매달린 빗방울을 보게요
빗방울에 맺혀
거꾸로 세상을 구경하게요

눈많은그늘나비

플라타너스의 수피는 여자의 얼룩덜룩한 마음 같았어요
눈물로 번진 여자의 얼굴 같았죠
제가 그 아이의 생모예요
하얀 면 손수건을 쥔 손에 푸른 핏줄이 선명한 흰 손이었
어요
텅 빈 운동장엔 봄비가 내리고
물기 많은 고백은 환청처럼 귓가를 떠나지 않았어요
제가 그 아이의 생모예요
흥덩흥덩한 빗물 웅덩이에 자욱한 꽃잎이 붙들리는 오월
이었어요
뒷산 아카시아는 부풀어 휘청이는 꽃을 피우고
꿈에서도 밟힌다던 그 아이가 방울방울 웃음을 터뜨리며
아카시아 숲길을 따라 가버린 오후였어요
그늘진 눈을 떨구던 여자의 치마 끝이
너무 많이 젖고 있었어요
어떤 눈물은 꽃으로도 위로가 될 수 없어
오월의 아카시아는 언제나 견딜 수 없이 진해요

늪의 마음

물안개가 스며와
버들과 부들을 감싸 안아

산과 강
밤과 낮의 경계에서
무엇도 아니면서
그 모두인 어스름으로
늪이 부풀어

왜가리와 개구리와
한낮의 고요가
단단히 스며들어

팽팽하게 조율하고
느슨하게 뒤섞어
오늘도 늪은 스스로 족하지

오랜 열망으로
완성한 무늬야

나를 잠들게 하는 이

그대는
완벽한 밤
둥근 등을 타고 오르는 찔레꽃 향기
목덜미에 내려앉는 사월의 꽃잎
그대 품으로 들어가 성을 쌓는 아이들의 환호
그대 품으로 들어가 성을 허무는 아이들의 낙담
그대의 팔베개에 머리를 얹고
나이를 먹어가는 느릅나무들
그대는 사각사각 나를 깎아
부드러운 혀에 올리고
조근조근 속삭이는 비밀로
매일 밤 나를 안도하게 하는 자
잠들어 꿈을 좇게 하는 자
그러다 막다른 골목에 숨긴 변덕처럼
한밤의 비처럼
뭉툭한 저음으로 날 불러
문득 깨어나게 하네
젖은 눈꺼풀을 들어올려
코앞의 어둠을 더듬게 하네
나를 잠들게 하던
그대는 이제

뒤척이는 밤의 궤적을
영영 따라가라 하네

깃털처럼 무거운

깃털처럼 가벼운 말을
아이의 볼에 심었을 때
눈이 내렸다
아이의 눈망울처럼 송이 큰 눈들은
음악처럼 내리고
거리의 행인들은 깃털처럼 하얀 입김을 뿜으며
어지럽게 거리를 흘러갔다

깃털처럼 가벼운 사랑을
당신 이마에 심었을 때
비가 내렸다
양철 지붕에 떨어지는 비처럼
뜨거운 아스팔트에 쏟아지는 비처럼
불안하고 경쾌하게
소란스런 밤들이 흘러갔다

깃털처럼 가벼운 손으로
후두둑 떨어지는 기억을 받쳐 들면
묵혀둔 우물 같은 눈을 한 아이가
조용히 고여 있었다
바닥으로 흘러간 탁한 눈들이, 비들이

깃털처럼 가볍게 떠올라
하늘을 가리는 축축한 장막이 되었다

흉터

나는 마녀가 얼려버린 땅으로 돌아가기 위해
육중한 옷장 손잡이에 손을 얹고
하나, 둘, 셋 심호흡 하는 소녀가 되어*
당신 몸에 숨어 있는 흔적들에 손을 얹었어요
아직 여물지 않아 복숭아 꽃빛이거나
오래 되어 무심하게 도톰한 그것은
닫힌 문이 달고 있는 초인종처럼 반짝여요
구슬놀이에 열중하다,
서툰 자전거를 타다가,
아슬한 붉은 감을 따러 나무를 오르다
우리가 잠시 피하지 못한 불운한 우연들
사막의 별처럼 깊고
날카로운 가시를 매단 덩굴처럼
저 혼자 뻗어가기도 하는 그것은
아마도 당신 이야기의 타래를 풀어줄 첫 단추
그리고 사실은
당신과 내가 악수하며
같은 혈족임을 확인해도 좋을 분명한 표식
나는 하나, 둘, 셋!

*C. S. 루이스의 『나니아 연대기』 중 '사자와 마녀와 옷장' 이야기의 장면을 떠올리며.

미지의 표식을 가만 누르며
꽁꽁 언 겨울 숲에 한 발을 내딛어요

해빙기의 환幻

또
록
또
록

고드름에 함께 언 햇살이 녹아내려
눈 오는 밤이면
기다랗게 혀를 내밀어 맛보던
물방울의 여행은 잠시 잊어야 하지
눈표범이 두고 간 정적을 찢으며
해를 삼키던 폭풍은 이제 가라앉았어
기린의 거죽을 쓰고 꿈벅꿈벅
지는 해에 눈썹을 말릴 시간이야
버들 같은 머리를 풀고
허공에 둥둥 떠 노래하는
만 년 전 당신
노래에 홀려
살얼음 낀 거울을 들여다보면
마음이 함부로 끌고 다닌 몸이
자라지 않는 마음을 기다리다
저 혼자 늙어버린 몸이

얼음 속에서 녹아내려

붕괴를

조
심
할
때
야
!

모기

나는
사막을 품은 사내에게서 태어난 모기
살아 있는 것이 머금은 붉은 온기가 그리워
염치없이 밤낮으로 생의 주변을 얼씬대며
온전히 꿰뚫지 못할 대롱을 꽂고
숨죽여 목을 축이는 것으로
세월을 낭비하는 자
때로 비정한 생의 난타질에
우수수 몸들을 놓아버리곤
기껏,
물 속 삶으로 퇴행하는 꿈이나 꾸는
참 가벼운 자

새우눈이랍니다

맛깔진 호박새우젓국 속으로 풍덩 드민

당신의 숟가락에 올라탄 나는

어둡고 축축한 당신의 포도청으로 향하는 잠시

당신의 코앞에서 눈싸움 도전장을 내밀지만

영광스런 꼬리표 단 노릇노릇 굴비에 당신의 눈길 빼앗기고 맙니다

호시절 드넓은 해류를 따라 풍랑 속을 누비다

덜컥 매인 몸 되어

깜깜한 소금물의 시간을 보낸 나

오늘 펄펄 끓는 물속에서 몸의 절반을 잃고도

여전히 이렇게 까맣고 동그란 형형한 눈 좀 봐 주세요

작고 못난 눈들이

놀림 받아 풀죽던 그 '새우눈'이

얼마나 반듯한지 한 번 보시라구요

허물어진 몸 해진 가슴으로도 지켜낸

단정한 정신 같은 단단한 눈빛

나는 새우눈이랍니다

본명

침,
묵,
나의 본명입니다

삐걱이는 의자 위에 내려앉는 저녁처럼
몇 알 밥풀이 남은 그릇에 떨어지는
한밤의 정적처럼
읽다 만 책 위로 쌓여가는 부연 망각처럼

나의 장기長技는
표정 없는 표정
말없는 이야기
그림자의 그림자

어쩌면
얼룩이 토해놓은 울음
거울에 남은 짧은 응시 같은 것
기울어가는 빈집 처마에
가볍게 살랑이는 적막 같은,

끝내

기억나지 않는 어떤 꿈
어쩌다
몸이 떠난 곱게 낡은 옷

너무 큰 가방을 든

가령
저 커다란 깜장 가방 속에서
자욱한 나비 떼가 쏟아진다고 하자
뚝배기에 고개를 숙이고 코를 훌쩍이며
오늘의 한 끼에 몰두한
성성한 머리들이 와아
밥풀 같은 이를 드러내며
감탄할 수 있다고 하자
우걱우걱 길 위에서 삼키던 밥알들이
함박눈이 되고 반딧불이가 되고
너풀거리는 보리밭 별들로 떠올라
그를 맨발로 달리게 한다고 하자
뭉툭해진 손끝, 구부정한 등, 우묵한 볼이 펴지고
촉촉하게 까만 눈을 들여다보던 먼 옛날의
파르스름한 수염자국 아비 앞에 불러 세운다고 하자
돌, 강, 밤,
아비의 손에 이끌려 차곡차곡 말들의 추억을 쌓아간다고
하자
무릎이 해진 소년이 진 나뭇짐을 덥석 들어올리고
물결처럼 들썩이는 소년의 등을 토닥이며
꼭 돌아오겠단 약속을 지킨다 하자

둥근 상에 둘러앉는 소박한 저녁들이
유행가마냥 아득하게 흘러간다고 하자
기러기들처럼 공기의 봇짐을 메고
먼 길 떠도는 저 큰 가방들을
맑은 날 뭉게구름처럼 둥둥 띄운다고 하자
초원의 바람을 옆구리에 낀 나그네새들에게 인사하며
뜨끈한 뚝배기 국물처럼 착 감기는 명랑한 춤을
왁자하게 권해본다고
가령 상상해보자

특별히 허락된 목격자[*]

—케테 콜비츠

감히
'고통'을 말하려거든
무너지는 한 인간에 대해
말문을 열려거든
화려한 수사를 접고 잠시
퀭한 눈동자나 목구멍의 깊이를 느껴 보아라

마모되지 않는
거친 운명에 휘둘려
소스라치는 인간을
그럼에도 저항하는 안간힘을 말하려거든
눈을 감고 잠시
그의 무채색 노래를 들어 보아라

화려한 거리를 떠도는
늙은 배고픔을 바라본 적 있는 이여,
꺾어진 목이 쏟아내지 못한
길고 오래된 울음들을
어느덧 눈치 챈 이여,

---

[*]마크 스트랜드의 산문집 『빈방의 빛』에서 가져옴.

불면

검은 밤의 심연에서 깨어나면
나는 출렁이는 작은 잠 위에 걸터앉아 있지
십일월의 항성처럼
침울한 형광등을 벗 삼아
먼 바다로 나아가고 싶지만
이단의 믿음처럼
세상 끝 절벽이 기다린다는 무성한 소문이 발목을 잡아

밤을 내려다보는 시계의 얼굴은 둥글고
나의 발밑 세계도 둥글어
나는 시작도 끝도 잡히지 않는
허공의 신화를 이마에 새기며
적막하게 밤을 저어가네
막막하게 아침을 기다리네

나를 찾아줘[*]

광대한 밀림에서 길을 잃거든
키다리 세이바Ceiba 나무를 두드려줘
현란한 생명의 향연에 혼이 쏙 빠져
일행을 놓치고 오도 가도 못하는 궁지에 몰리거든
긴 목을 빼고 밀림을 굽어보는 세이바를 찾아줘
파도처럼 땅으로 굽이친 뿌리 그 어디쯤에
안기듯 기대어 북처럼 두드려줘
깊고 넓게 파고들어 밀림을 헤아리던 땅속뿌리들이
두둥 두둥 애타는 마음을 줄기로 길어 올려
하늘로 하늘로 두둥 두둥 길게 외쳐줄 거야
진중한 이의 한마디 말처럼
세이바의 메아리가 밀림의 눈과 귀를 모을 거야
사는 일이 바빠 밀림의 모험을 모두 잊는 날이 오더라도
푸른 밀림의 생존법은 잊지 말고 기억해줘
메마른 자폐의 늪에서 허덕이는 시간이 오면
키다리 세이바를 찾아 망설이지 말고
두둥 두둥 애타는 신호를 보내줘
초록의 장막을 굽어보던 고요한 눈이
혼자 웃자란 근심을 찬찬히 마주볼 거야

---

[*]동명의 소설, 영화, 동화가 있음

3부
하염없이 피어난다

덜된 콩

늙은 아버지 돋보기 하시고
초겨울 볕 속에 앉아 콩 고르시네

낡은 바가지에 쌓여 가는
못난이 콩들
머리 맞대고 누워
내려진 선고에 숙연해지네

아버지,
저는요?

도레미파,파,파

돌돌 만 김밥이 아니라
파김치를 돌돌 말아 입에 넣는 밤

푹 삶은 돼지고기 같은 유들유들함도 없이
붉고 노란 고명 같은 화려함도 없이
빳빳하고 알싸했던 아버지가 심은 쪽파가
겨울을 견디고 돋아
파김치가 되어 식탁에 올랐어요

추운 겨울에 아버지는
종이처럼 얇아져 창백하게
산골짜기 병원 천장만을 바라보다
흩어졌어요,
진눈깨비처럼

가늘고 매운 파를 까던 고요한 오후에
어머니는 홀로 끝도 없는 눈물을 훔쳤다네요
밭을 잃고, 말을 잃고,
겨우 파 몇 뿌리 남겼다며
파 잎처럼 목을 꺾고 들먹였다네요

대나무처럼 딱딱하게
덜그럭거리던 아버지가 남긴
야들야들한 파를 씹고 있는 사월이에요

도레미파, 솔라시도레미파
한 옥타브를 건너도 다시 돌아오지 않을
아버지의 파를
매운 눈물을 흘리며 씹고 있어요

가장家長

겹으로 눌러 앉힌 아스팔트
앙다문 도시의 야무진 도로변에
오래 끌어온 신발처럼
상처투성이 배달용 트럭 세워 두고
사내,
제대로 맞은 상댈
한판승 업어치기하듯
짱짱한 회색 가스통
온몸으로 들어 올린다
이제 사춘기라고
애빌 거들떠도 보질 않는
아들 녀석 업던 그 옛날처럼
깍지 끼어 등 가득
가스통을 업는 사내

몽유夢遊

천 리를 걸어
온 몸의 힘이 다 소진된 눈빛으로
남자는 깨어났다

거친 비와 눈발, 어두운 철길이
남자 앞에 놓인 모든 것이었다
발이 부르텄고 불빛은 가물거렸다
입술이 다 젖도록 부르고, 또 불러
뭉개진 목쉰 소리만이 남을 때까지
오직 그녀만을 외쳐 불렀지만
그에게 찾아온 건
희미하게 번지는 입김이 전부였다
다시 눈보라가 시작되고 손끝이 얼기 시작했다
어둠속에서 붙드는 누군가의 다급한 손을 잡고
그는 또 까마득한 길을 나서는 결연한 눈빛으로
운명 같은 추위를 올려다봤다

약품 냄새 자욱한 중환자실에서
먼 길 떠나야 하는
남자의 발 한 쪽이
없었다

그 아이

눈이 선했던 외할아버지의
널찍한 이마를 닮은 그 아이는
누나를 셋이나 거느린 아들 귀한 집 장남이 되었을 그 아이는
감은 눈으로 태어나 첫울음을 울어보지 못한 그 아이는
토끼 같은 앞니로 서툰 말을 흉내 내는 조그만 꼬마이다가
여드름 한 톨 두 톨 돋을 때마다 변덕이 곱절이 되는 사춘기 아이다가
뒤태 훤칠한 청년이 되기도 하는 아까운 애기 그 아이는
한때는 서러운 어미에게 행여 말소리 닿을 새라
쉬쉬 목소리를 낮추는 이야기였다가
이제는 팔순을 바라보는 엄마 맘속에서만
꼬박꼬박 나이를 먹어 가는 나이배기 그 아이는
어쩌면
한 살 터울 오빠라고 산전수전 다 겪은 체를 하며
체념이 뱃살이 되는 불혹이 되었을지도 모를 그 아이는
섬진강에 만삭의 몸을 구부려 호미의 황토를 씻을 때마다
은어처럼 온몸 흔들며 달려올 아들을
손꼽아 그려 보던 엄마와
단 한 번 눈길 맞추지 못한 것이 아리고 슬퍼
어쩌면,

내 몸에 깃들어 온 영혼일지도 모를

그 아이는

몽유夢遊 2

나는 여기가 아닌 거기에 있어야 해요

분명히 말하지만,

내가 원한 것은

이것이 아니라 저것이란 얘기예요

이렇게 웃고 싶었던 게 아니라

그렇게 울고 싶었던 거라구요

그저 그런 것에 붙들려

오직 이것만은 낭비하고 싶지 않았을 뿐이라구요

내가 바란 것은 그저

저 뒤에 숨어버려 차마 여기

당신들 앞에 내놓지 못한

그토록 오랜

단지 그러함이라구요

Blind

어둠 속에서 만진 눈동자는 얼음처럼 파랗게 녹아내린다
흘러내리는 윤곽들, 이름들

보얗게 웃는 얼굴이 다가온다
당신은 누구인가?
나를 쓰다듬고 머리를 기대며 손을 이끄는 당신
오늘이 며칠인지 안다면 당신이 누구인지 밝혀낼 수 있을
텐데
달력엔 숫자만 무성하다
이마를 맞대며 이름을 말하는 당신
그 이름은 나의 것인가?
침대에 걸터앉은 남자도, 거울 앞에서 머리를 매만지는 여
자도
이제는 누구인지 짐작할 수 없고
모든 옷과 걸음, 농담과 웃음이 낯설다
때마침 침묵하던 방이 회전하고 집이 회전하고
울렁거리는 바닥을 지나 현관문을 더듬어 길로 나서면
불친절한 세상의 문들이 빛깔을 바꾸고 입을 닫는다

돌아갈 곳이 사라진 네거리에서
리듬이 다른 외침들이 귓속에 들끓고

뒤엉킨 길들 위로 지문을 지우는 밤이 내려올 때
우두커니 선 노파의 옷자락을 흔들며 묻는다

여보세요!
혹시 내가,
누구일까요?

Blind 2

당신의 웃음을 만져보려 했어요
찔레꽃처럼 나는 희고
등꽃 향처럼 어둠은 깊어요
당신이 기다리겠다던 길목엔
안개가 먼저 도착했어요
어디든 스며들고
겹겹이 두터워지는 동안
무엇을 기다려왔는지
나는, 잊고 말았어요
목소리를 가두고
눈빛을 꼭꼭 눌러 담아
길고 나직하게 불어보는 휘파람

웅덩이에 괸 바람이
풍경을 흔들고 있어요

사월의 눈

똑똑

당신도 텅 비었군요

겹벚꽃 내려앉은 담벼락 언저리
잿빛으로 기다리는 그늘이군요
꽃잎 사이
하얗게 나풀대는 그대 생각

게으른 계절의 사랑이어서
부끄러운 질척임도 없이
금세 잊힌 눈빛

번지가 틀린,
당신은 그런 기억이군요

동백결사

동백 숲은 적요한 어둠을 머금고
그늘의 응어리처럼
붉은 살점 꽃봉오리를 연다

백련사 동백 꽃그늘 아래
흔하고 환한 연애가 아니라
옛적 선사는 결사의 의지를 벼렸다는데
숫돌에 갈아 비린 쇳내 나도록 형형해진 결심으로
연연한 마음 쳐내고자 했다는데

발길 뜸해지는 오후 산사에
고망쥐는 불당 문턱을 넘나들며
천진한 눈망울로 경망한 죄를 짓고
뒤통수 고운 수행자는
무거운 경문을 들어 움트는 꽃잎 위에 얹는다

동백 숲을 지나며 어스름 허공에
치기 어린 돌멩이를 던지니
'탁'하고 결가부좌 부도탑들이 헛기침을 한다

별빛도 닿지 않는 숲의 저 그늘 안쪽에서

또 처연하게
눈 뜬 동백이 꽃잎을 연다

둥근 맛

매미가 울음을 살포하는 계절은 갔어

푸른 잎 뒤에서 두근거리는 복숭아를 땄지
한 발 앞서서 불그레 입맞춘 벌레가 온몸으로 저어간 길을 따라가니
아늑한 구멍 아래 할머니의 젖가슴이 나와
느슨한 곡선을 따라 오래된 동네 목욕탕의 먹먹한 물방울들이 맺혀
뜨거운 부력을 견딘 노곤한 탄식들은 둥글게 둥글게 빈 뼛속을 채워가
가늘어진 두 다리가 여름 햇살처럼 강인했을 때
아가의 팔딱이는 심장이 자라던 그녀의 탱탱한 배를 떠올려
땀방울을 매달고 해거름의 골목에 이르면 호두알 같은 아이들이
주렁주렁 창을 내다보고 있었지
왼편으로 오른편으로 구불대던 골목의 주름이 하나둘 펴지는 동안
변성기의 아이들은 깊게 우물 하나씩을 묻어두고 떠나갔어
두레박으로 퍼 올릴 메아리는 아득해졌지
그녀의 등은 구부러지고
오목한 입에서 기억들은 뭉툭해져 그리고

복숭아는 익어
다섯 장 꽃잎을 물고 웃던 아이 같은 달이 뜨면
달큼한 과육을 한입 물고 누워봐

귀뚜라미가 파르르 얇은 울음을 퍼뜨리고 있어

자귀나무 꽃 피어나는 집

다가올 시간의 냄새를 잘 맡는 노파처럼
동네 어귀를 굽어보는 느티나무를 돌아 언덕을 넘으면
열여덟의 꿈을 꾸는
귀먹은 할머니가 사는 붉은 벽돌집이 있었지
담을 훌쩍 넘어온 땅의 열기로
자귀나무 꽃 타다닥 불꽃처럼 피어나는 그 집엔
바다로 떠나는 꿈몸살을 앓는 소녀가 살았어
기다란 반쪽 무지개가 머물다 가는 소녀의 바다엔
깍깍대는 공작이 꽁지깃에 감춰둔
수백 개 청록 눈들이 번쩍 하고 뜨이는
반짝이는 전율이 살았지
부러진 기억으로 뾰족한 팔꿈치
바위틈으로 빠르게 숨어드는 산짐승의 까만 눈
가파르게 흔들리는 우듬지의 어린 잎
보송보송한 복숭아 빛 꽃그늘 아래서
소녀의 손끝을 따라가면
바다로 날아가는 노랑나비가 보였어
두근대는 가슴을 접어 가만히 어둠을 맞는
자디잔 잎들의 여린 움츠림이 보였어

인어공주

관절염을 오래 앓아 무릎도 허리도 휜
팔순의 섬 할망은
오늘도 물질하러 갯바위를 내려간다
무꽃 파르르한 날
물결 위로 내뱉는 긴 휘파람
거대한 파랑이 삼킨 남편이며 아들도
물질할 때만은 함께라는 생각이 든다
곶자왈 새보다도 가볍게 유영하며
별나라 달나라 사람들도 이렇게 파닥일까 궁금할 때가 있다
짭짤한 눈물은 바다에 원 없이 풀어 놓았으니
가끔 찾아오는 폭풍은 그 대답이라 생각한다
홀앗이살림에 변변한 말은 잃었지만
해와 달을 보며 물속을 휘저은 세월은
지느러미 붙은 고기들만 아는 춤을 흉내 낸 거라고
해변의 썰물이 남긴 주름 많은 눈으로
할망은 웃는다
희극 배우도 비극 배우도 아닌
그저 파도가 주고 간
물거품 같은 웃음

거북아, 거북아!

네가
천 년 묵은 단단한 글귀를
훈장처럼 품어 등에 얹고
세상을 호령하는 장사처럼 늠름히 버틸 수 있는 건
비바람에 씻긴 희미한 문장들 너머
하늘을 가리던 싸락눈과 밤의 달무리를
외롭게 지킬 수 있는 건
괘종시계의 시침 같은 깨알의 시간을 건너고
모래알로 짠 세월의 물결을
앞발로 저으며 뒷발로 저으며
큼큼 묵은 냄새를 맡으며
촘촘한 침묵의 실타래 속을
끝도 없이 헤엄쳐 다닌 숨은 공력 때문 아니겠니?
새의 부리에서 흘러나온 노래가
청동 호수의 물결로 반짝일 때 고개를 빼고
무르익어가는 공기를 들이마시며
팽팽한 순간의 현 위를 가볍게 유영하는
한 수 위의
거북아, 거북아!

4부

몽상과
푸른 새벽을 건너

Snow and Smoke

눈이 내리자
제복을 입은 남자는 담배를 입에 문다
굵은 손마디에 떨어지며
티티새 눈망울처럼 녹는 눈
눈썹에 떨어져
연인의 향처럼 스미는 눈
제복을 입은 남자는 담배에 불을 당긴다
목표물을 향해 조준하듯 잠시
숨을 가늠하며
첫 모금의 연기를 삼킨다
익숙한 풍경을 지우며 풍성해지는 눈
제복 입은 남자를 고개 들게 하는 눈
얼굴을 덮어오는 눈에 저항하듯
몸을 가둔 제복에 저항하듯
남자는 증기기관차처럼 연기를 내뿜는다
가물가물 눈 속에 풀어지는 연기
그리운 것을 삼키듯
소리를 지워가는 풍경

La Paz

'지금 어디야?'라고 당신이 묻는다면
한 번쯤 나는 이렇게 답할래
'La Paz'

먼 바다 먼 산맥 너머에 있어
달려가는 꿈만으로도 숨이 턱에 차는 곳
그래도 꾸역꾸역 눈맞춤하고 싶은 곳
부신 태양빛에
중절모의 여인들이 아득하게 눈을 뜨고
하늘이 가까워 욕심 없이 웃게 되는 곳
옹기종기 모여 앉은 마녀시장 구멍가게 가판에
물기 잃은 라마와 약초가 흔들흔들 경쾌한 박자를 맞추는 곳
우유니, 티티까까, 우로스
마법의 주문 같은 이름들이 있어
하늘로 오르는 나무가 자라고
바다로 통하는 별이 뜰 것 같은 곳
곰방대 닮은 봄빌라로 마테차를 마시며
세월아 네월아 하냥 시간도 잊고 싶은 곳
많은 것이 귀하지만
모자랄 것도 없는 곳

바람이 까딱까딱 빨랫줄을 흔드는 날이면
푹신한 구름 베개에 기대
청포도알을 머금듯
그렇게 말해보고 싶은 이름
'La Paz'

때때로 나는

때로 나는
물마루를 내다보는 바닷가 언덕의 빈집일 때가 있어
허물어진 담 아래 빗물 고이는 슬리퍼 한 짝일 때가 있어
때로 나는 나무줄기에 엎드린 매미 허물
벌어진 틈을 들여다보는 미욱한 햇발일 때가 있어
섬피나무 숭숭 뚫린 가슴을 기웃대는 안개일 때가 있어
나는 때로 고목에 움트는 연둣빛을 시샘하는 웃자란 덩굴
일 때가 있어
덩굴에 휘말려 고사한 나무의 뻗어 나온 가지일 때가 있어
스산한 거리에 누워버린 자전거
구급차에 실려 간 주인이 떨구고 간 호떡 봉지의 둥근 온
기일 때가 있어
봄볕 난 오후를 느릿느릿 걷는 노인의
들뜬 뒷머리일 때가 있어, 앙고라 스웨터일 때가 있어
나는 때로
저녁 어둠을 사뿐히 꿰뚫고 나와
쓰레기봉투를 찢는 고양이의 허기일 때가 있어
케테 콜비츠가 석판에 그려 넣은 퀭한 아이들일 때가 있어
그리고 나는, 때로
산 속 암자의 뜰에 내리는 첫눈이 마른 잎을 붙드는
사락사락 소리일 때가 있어

눈송이에 젖어 하나 둘 불 밝히는 창을 지나는
나그네의 부르튼 마음일 때가 있어
그의 수첩에서 낡아가는 페이지들 사이
접어놓은 단 한 장
마지막 고백을 가만 쥐어보는
텅 빈 호주머니일 때가 있어

훗카이도

오늘은 어느 밤에 관한 이야기
밤의 틈으로 스미는 느슨한 잠처럼
푸득푸득 나방 같은 눈들이
창틀도 문패도 골목도 금세 지우는 고장의 이야기
성벽처럼 높다랗게 쌓인 눈더미가 정오의 햇빛을 받을 때
꽁꽁 언 백발 할머니가 역 앞을 서성이는 이야기
바다와 눈벌판 너머에서 돌아올 딸아이를 마중하러
눈발이 지운 길 위에 발자국을 찍으며 길을 나선 이야기
할머니를 따라 나선 흰둥이가 우두커니
붉은여우 사라진 자작나무 언덕을 바라보는 이야기
허둥지둥, 삼십 년도 전에 도착한 딸이
할머니의 뭉개진 발자국을 쫓는 이야기
삼십 년의 이야기가 하얗게 지워진 얼굴로
백발 할머니가 저문 하늘을 올려다보는 이야기
처마 끝 휘어진 고드름처럼 구부정히 야윈 그늘
뿌예진 눈발 속에 밤차가 멈추고
콧물을 닦던 아득한 눈으로
먼 나라 여행자의 손을 덥석 잡는 이야기
볼이 붉은 스무 살 즈음은 모두 딸로만 보이는 할머니의
이야기
  눈이

순식간에
세상을 지우는 고장의 이야기

Moonlight[*]

너무 멀리 왔나 돌아보면
종려나무 아래 아직 너의 입술이 남은 해변
푸른 해류처럼
너의 손길은 나를 읽고
서툰 몸을 한 슬픔으로 소년은 얼룩진 달빛을 헤엄쳐

거울을 부수며 강해지려 했지
부서진 조각들이 눈을 찔러 눈물이 되려 할 때
또르르 흘러내려 사라지는 욕망을 품을 때
가장 차가운 얼굴로 맞서기로 했지
화려한 음악으로 치장하고 무심하게 껄껄대며
흐느끼는 달빛이 잊힌 곳으로 멀리멀리

잠 속에 누워
꿈속에 숨어서
아직도 그윽하게 바라보는 너의 입술

일렁이는 너의 숨결 위에서만
가까스로 나는 노래하고 잠들어
몽상과 푸른 새벽을 건너
너의 키스를 안을 때만

나를 향해 내려앉는

너를 향해 왈칵 쏟아지는

달빛 소년

*2016년에 제작된 배리 젠킨스 감독의 영화.

Where are you from?

모르는 남자가 나를 불렀다 모르는 꽃이 피어 있고 모르는 사람들이 지나고 읽어낼 수 없는 낯선 문자의 거리에서였다 처음 만나는 파란 빛깔의 눈이 나를 향해 있었다 그 도시에서 나는 아무도 알지 못했고 누구에게도 빚지지 않은 자유를 누리고 있었다 그런데 파란 눈의 남자가 다가왔다 Where are you from? 나는 한국에서 왔고 파란 눈의 남자를 많이 알지는 못하는데 파란 눈이 미소 지었다 한국의 어느 도시에서 왔냐며 살갑게 다가왔다 서울에서 오지 않은 나는 당연히 서울에서 왔다고 했고 이 낯모를 파란 눈을 경계하며 한국의 거리에서처럼 도를 아느냐고 묻는 상상을 했다 부산을 아느냐? 너의 이름은 무어냐? 파란 눈이 질문을 쏟아내며 자기 이름을 말했지만 따라할 수 없는 낯선 발음이었다 오랜 동안 이름을 꺼낼 일 없던 나는 새삼스런 기분으로 이름을 말하고 부산은 아름다운 도시라고도 했다 파란 눈의 남자가 내 이름을 천천히, 낯설게, 발음했다 그리곤 묵혀둔 서찰을 펼치듯 문장들을 꺼냈다 내 애인이 부산에서 온 은영이라고 그녀는 몇 년 전 한국으로 돌아갔다고 속사포로 쏟아냈다 두서없이 은영이에 대한 몇 가지 이야기를 했지만 거리의 소음에 쉽게 흩어졌다 긴 이야기를 몇 개의 문장에 모아 고해성사처럼 입밖에 내놓은 남자는 가벼운 얼굴로 내 여행을 축복했다 그리고는 미련 없이 멀어져갔다 나는 다시 무명의 행인이 되어 길을 걸었다 여름 같지 않은 서늘한 바람이 불었지만 거리엔 색색의 꽃이 피어 있고 경사진 거리를 조금 더 따라가니 파란 바다가 나왔다

야간열차

진눈깨비 몰아치는 밤
따라붙는 운명을 털어내며 달리는 야간열차가 있어
눈이 아니라 꽃잎,
꽃잎이 아니라 하루살이 떼,
하루살이 떼가 아니라 그저 모래폭풍이었는지도
보채는 아이에게 젖을 물리거나
마른기침을 삼키며 견디는 밤
아무 어깨에나 고개를 떨군 얼굴엔
오래 뒤척이던 밤의 시린 그늘이 내려와 있어
아니 강기슭의 비린 바람,
부서진 도시의 폐허,
서류더미 속 침묵이었는지도 몰라
차창에 마주한 커다란 눈은 과묵하고
도착지에서 쓸 엽서의 문구는 떠오르지 않아
처연한 걸인의 노래는 다리를 끌며 객차를 떠돌고
빠르게 흐르는 열차 밖은 눈먼 노인의 세상처럼 어둡지만
미지의 세계로 탈주하는 광막한 밤에
얼음 강이 아니라 영하의 사막이 아니라
오갈 데 없는 폭우의 뱃전이 아니라
야간열차여서 다행이야
아침은 아직 멀었고

낯선 햇살에 눈을 찡그리기 전 아직
지친 마음이 기댈 쪽잠이 있으니

밀고자

그래서
혁명은 실패했다
다락방의 촛불 아래서 너울대는 그림자처럼 흔들리던
그자의 눈동자를 낚아챘어야 했다
손끝을 깨물어 쓰는 혈서에
장미 꽃물을 묻힌 자를
동지의 죽음 곁에서
현을 뜯는 노래를 얹은 자를
한밤의 비밀을 졸음에 내어 준 그자를
일찍이 눈 폭풍 속에 내던졌어야 했다
결기 있는 분노와 삭발을
화려한 문장에 섞어 물에 띄운 자
물결을 따라 흐르다
물에 잠긴 검은 가지에 걸려 갈 길 잊고
하염없이 달빛을 쬐는 자
그렇게 쉽게 온도를 잃어버리는 자를
폭포 아래 자욱한 포말 속으로 내동댕이쳤어야 했다
어제와 다를 것 없는 오늘에, 어제와는 다른 오늘에,
내일이면 달라질 것에, 내일이 와도 변치 않을 그것에
안달하는 그자를 유리병에 가뒀어야 했다
밀고자는 '나'라고 쉽게 발설해 버리는

가벼운 그 입을

그리지 말았어야 했다

UFO를 보았다

발아되지 못한 철 지난 사랑의 발성법으로
혹은 서툰 복화술로 중얼거려본다

UFO를 본 것 같아……

흰 눈에 덮여 꼬박 잠든 마을에 뽀득뽀득
맨 처음 발자국을 내던 눈부심으로
그것은 분명 머리 위를 선회하고 있었다
동지의 밤에 맞닥뜨린 적 있는 들짐승의 푸른 눈을 하고
나는 아아, 뒷걸음질쳤지만
끝내 발화되지 못한 그 순간은
백야를 걷는 몽환 저편의 산책
까마득한 우주의 맞물린 시간을 건너온 전령들이
참아온 빛똥을 내지르는 밤,
겹겹이 내리는 꿈의 손가락을 읽는 노인의 충고처럼
아득해지는 그것은
시작과 끝점이 팽글거리는 미로
적막한 소문이 흘러 다니다 처마 끝 풍경에 맞닿아
따랑 따라랑 점점이 흩어지는 저녁의 바람 같은 것
희붐하게 새겨지는 잠의 문양처럼
손차양을 하고 내다보던 굽이길 너머의 허공에

미끌거리며 흘러 다니는 UFO란 미궁이
가끔 말을 걸어온다

전할 수 없던 어떤 전언
미처 와닿지 못한 미결의 기억처럼

어둠이 찾아오면*

너에게 갈게**
자작나무숲 사이로 끈적한 어둠이 내려오면
아스팔트에 누운 고양이처럼 보얗게 깨지 않을 잠을 덧쓰고
얼어붙은 맨발로 작고 큰 발자국을 만들며 갈게
성에의 얼룩을 녹여 너의 방을 엿듣고
뾰족하게 유리창을 긁어 너의 잠을 깨울게
달그락 달그락 잎이 없는 메마른 가지가 작게 흔들릴 거야
창문을 넘으며 그믐의 눈동자를 던져줄게
한 올 한 올 돋아난 머리칼을 세며
굳어버린 혀와 입술을 녹여줄게
부끄러움이 눈 뜨는 아침이 오기 전에
목덜미의 온기와 팔딱임을 쓸어안고
한숨을 토해내는 가슴 곁에 누울게
바닥없는 우물 속 메아리를 쫓아
까마득히 까마득하게
허공을 만끽하게 될 거야
낯선 맛에 검붉게, 입술도 젖을 거야
눈벌판 위로 해가 떠오른다고 어제를 잊으려 하지 마
눈 뜬 어둠은 태어나고 태어나고 태어날 테니
나는 또 그 어둠의 어깨에 기대 너의 머리맡을 지킬 테니
달콤한 우유 향을 풍기는 아이의 목젖으로

조바심 내며 부르지는 마
어디서나 어둠은 자작나무 같은 희멀건 사람들로부터
공평하게 천천히 익어갈 테니

---

*, ** 2008년 토마스 알프레드슨 감독의 영화 『렛 미 인 Let the right on in』에 등장하는
쪽지 '빛이 사라지면 너에게 갈게.'에서 따옴.

93

그림자를 낳은 사내
—안데르센 이야기

거울이 두려운 여인처럼
왜소하게 웅크린 집에서
한 사내의 그림자가 태어났다 했지
북구의 길목
스산한 가을이 긴 나라에서
햇볕을 모으는* 꿈을 꾸기도 했을 사내는
커다란 가죽 가방의 귀퉁이가
닳고 또 닳도록
홀로 길 위에 서는 법을 먼저 배웠다 했지
가방을 꾸리고 푸는 일이 매일의 잠과 같았다 했지
열망의 크기처럼 콧날은 자랐지만
그의 눈도, 그의 어깨도
누군가의 가슴에 오래 담기진 못했다 했지
자신이 부린 이야기들처럼
사내는 가볍게 팔랑거리고
서글프도록 섬세해져
좌우가 닮은 모양들을 종이에 오리며
자신을 닮은 이야기들을 낳고 또 낳았다 했지
불멸하는 그림자를 완성했다 했지
죽어서도 사내는 콧등에 비를 맞으며 눈을 맞으며
화려한 이름의 그림자가 되어

자신이 낳은 그림자의 그림자가 되어
청동으로 서 있다 했지
홀로 시들지 않는 밤과 낮을 배웅한다 했지

---

*레오 리오니의 그림책『프레드릭』에서 따옴.

사팔눈 소녀

해 저무는 이 시각은 고향 들판 둥구나무에

저녁 잎을 먹으러 꼬리 긴 원숭이들이 모여드는 시각

마른 들판에서 양을 치는 오빠가 긴 막대를 들고 휘파람

불며 돌아오는 시각

커피를 마시며 엽서를 쓰는 먼 나라 여행자를 엿보며

긴긴 설거지를 하고 마당을 쓸어요

기차로 이틀을 달려야 하는 북쪽 도시에서 아버지는 릭샤

꾼이 되었대요

젊은 릭샤꾼을 따라잡을 수 없어 진종일 오지 않는 손님을

기다린대요

허기진 밤에 한뎃잠을 자다가도 행여 인기척이 들리면

'릭샤?' 쉬어버린 목소리로 다급히 묻곤 한대요

아버지가 도시로 떠난 해에는 나도 남쪽 해변가에 일자릴

얻었어요

걸레를 쥐어주려, 감자를 깎이려 세상이 날 불러요

몸을 구부리고 잠이 들 때도 나는 매일

아버지의 기울어진 어깨를 생각해요

등에 배어나올 땀방울을 생각해요

한낮에 따라붙는 햇살과 몸을 얼어붙게 한다는 밤공기를

생각해요

　반얀나무 공중뿌리에 신의 미소 같은 아침햇살이 걸리면
　끼니로 짜이 한 잔을 마시며 아버지는 기도한대요
　허리가 휘도록 페달을 밟는 날이 되길,
　해진 발바닥에 토돌거리는 페달이 착착 신나게 와닿는 날
이 되길

　낯선 여행객들이 지나는 복도에서 걸레질을 하며
　나뭇결 사이로, 문의 둥그런 손잡이에서 잊혀진 소녀의 얼
굴을 봐요
　휘어진 시선만을 가진, 여전히 딴청인 체인
　조용한 소녀가 얼비치고 있네요
　게스트하우스의 말없는 사팔눈 소녀는
　매일매일 아무렇지 않은 응시를 배워요

여행가

그의 야심은
정오의 햇살이 만든 짤막한 그림자
오래 들여다본 우체통
휴일 저녁의 불면에서 태어났다
뒤죽박죽이던 마음이 방향을 찾은 저녁
그는 뜨겁게 데운 물로 천천히 몸을 닦고
할아버지로부터 물려받은 미닫이 벽장을 열어
들소의 힘줄 만큼 튼튼한 가방과 운동화를 현관에 내놓았다
지루한 장마철에 붙여놓았던 천장의 세계지도를 보기 위해
그는 잠시 눅눅한 침대에 드러누웠다
지도는 그 옛날 양피지 세계지도처럼 흐릿했지만 상관없
었다
툰드라 아이가 순록을 대하듯, 몽골 소년이 말을 다루듯
그는 지도의 길들을 쓰다듬으며 설렘으로 볼이 붉어졌다
모래 언덕의 발자국을 지우는 바람
붉은 사막을 걷는 메마른 입술
사막 끝에서 만나는 깊은 협곡의 아득한 호흡
긴박한 영화를 보듯 그는 주먹을 꼭 쥐었다
겹겹의 지층에 붙들려 천 년 풍경으로 서 있다는 나무들
숲의 명상가 나무늘보의 털에서 자란다는 푸르스름한 이끼
활화산의 유황냄새와 바오밥나무 너머의 하늘

예측할 수 없는 그의 마음처럼 비밀스런 아랍의 골목들은
뻗어갔다
  오랜만에 깨어난 심장은 차가운 여울을 건너는 뒤꿈치 같
았다
  파타고니아 빙하는 웅장한 저음으로 무너져 내리고
  유빙은 암청색 바다를 떠돈다고 했다
  정말 그런다고 했다, 그는 두꺼운 안경을 벗고
  예기치 않은 첫눈이 허공을 맴도는 순간
  꼭 그만큼 망설였다
  오늘은 이걸로 충분하다
  그는 몸을 일으켜 가방과 운동화를 벽장에 챙겨 넣고
  어디선가 날아 온 모래 알갱이들을 검지로 찍어 쓱쓱 문질
렀다
  오늘은 정말 이걸로 됐다
  아직 시작되지 않은 여행의 피로로 그는 눈이 무거웠다
  부처의 고장에서 탑과 사원이 가득한 벌판 위로 띄운다는
  색색의 열기구에 몸을 싣듯 가벼운 몸짓으로
  그는 다시 침대에 몸을 던졌다
  어렵지 않게 조용하고 달콤한 잠은 찾아왔다

엽서

터키 파묵칼레엔
까마득한 고대 도시가 쇠락한 풍경으로
벌판 한가운데서 더듬더듬
기억을 추스르는 히에라폴리스가 있어
세월의 이끼를 두른 대리석 기둥들을 따라가면
쏟아진 쌀알처럼 흩어진 무수한 양들이 있지
무심히 불어가는 드넓은 바람과
들꽃 위로 가득한 별들의 눈총이 있어
어린 양은 가슴을 살찌우고 벌판은 도시의 기억을 품지
북풍이 잦아든 오후 휘파람 불며
고갯마루를 넘어 출정하는 엽서팔이 소년들이 있고
흔적의 도시를 걸으며 자루 속의 쌀알이 되는
서글픈 꿈에 젖는 여행자도 있어
도시의 경계가 흐려지는 붉은 개양귀비 핀 벌판 끝에서
낡은 양털 망토의 양치기를 만나지 못했더라면,
몇 천 년을 내려온 수줍은 눈인사를 건네받지 못했더라면,
양들 곁에서 아침이슬에 젖은
순박한 갈색 눈을 알아채지 못했더라면,
수박 냄새 풀풀 나는 연약한 슬픔 따위
끝내 털어버리지 못했을 거라
여행자는 한밤의 엽서를 쓰기도 하지

라플란드 가는 길

열대야의 밤이야
박제된 열기가 도마뱀의 발을 하고
부글부글 사방을 타고 오르는 시절이야
끝없이 고이는 땀의 얼룩을 헤엄쳐
라플란드의 지지 않는 낮을 보러 갈 생각이야
아니, 순록의 까만 눈동자에 담긴 긴긴 밤의 심연에 도착
해 보려 해
영원히 손에 닿지 않을 꿈의 윤곽처럼
아른대며 번지는 오로라의 춤 아래
눈 폭풍을 지나 길게 침묵하는 숲 아래
이끼로 키운 순록의 고독한 뿔이 더 단단해지는
흑야의 겨울을 작은 등을 켜고 지켜볼 거야
눈썹이 하얗게 얼어붙는 냉혹한 추위를 견디며
차갑고 고요한 이야기를 써 볼 거야
하지만 지금은 열대야에 갇힌 밤이야
뻘처럼 단단하게 온몸을 붙든 열기에
끝없이 뒤척이는 밤이야
캘리포니아의 연어 떼가 더운 강물을
힘겹게 저어가는
혹독한 이상기후의 날들이야

반듯하고 작고 아름다운 시의 모듈

김정배(문학평론가, 원광대 교수)

1.

영국의 동화 작가 콜린 웨스트는 『핑크대왕 퍼시Percy the Pink』를 통해 인간 세계의 관점이 어떻게 형성되고 그 내면의 작동원리가 어떻게 되는지 알기 쉽게 구현한 바 있다. 내용을 간추리자면, 동화 속에 등장하는 핑크대왕 퍼시는 자신이 소유한 모든 사물과 세계를 핑크색으로 물들이길 원하지만, 불가역적인 하늘만큼은 끝내 물들이지 못하고 좌절하게 된다. 이 문제를 쉽게 해결한 사람은 그의 스승이다. 스승은 핑크대왕 퍼시에게 핑크색 안경을 쓰게 함으로써, 문제 상황에 맞는 '적절한 맥락'을 형성해준다. 인지심리학자는 이러한 '적절한 맥락'을 프레임frame이라고 말한다. 관성적으로 이해하면, 프레임은 그리스 신화에 나오는 프로크루스테스의 침대를 떠오르게 하기도 하고, 다른 사람의 생각을 자신의 일방적인 기준에 억지로 끼워 맞추려는 부정적인 믿음을 상기하게도 한다. 그러나 문학작품에서의 프레임은 적절한 맥락을 수시로 탈피함으로써 발생하게 되는 정보와 그 정보 사이의 우연하고도 우발적인 결합 구조를 지향한다. 다시 말해 계획된 프레임prototypical context에 실제로는 예기치 않은 프레임이 적용됨으로써 세상은 새롭게 이해되고 다양하게 세분된다. 김늘의 시가 지닌 시적 프레임은 이러한 연장선에서 이해할 수 있다. 그의 시는 일반적인 인지 과정에서 생성되는 지식과 정보를 단순하게 답습한다기보다는, 자기만의 독특한 모듈 module을 유기적으로 활용함으로써 시 작품에서 얻을 수 있는 최대한의 복선을 활용한다. 그 복선은 시적 화자가 전하는 심리적 모놀로그와 다양한 방식의 스포일러를 타고 들며 시의 긴장감을 유지한다. 얼핏 단순한 정보를 시의 맥락 속에 숨기는 듯하지만, 김늘의 시는 "모눈종이처럼 / 꽃마리처럼"(「Nobody」) 반듯하고 작고 아름다운 'Nobody'의 세계를 하나의 시적 프레임으로 제공함으로써, 시의 이면에 도사리는 의미를 끊임없이 재해석하도록 유도한다. 그 과정에서 시인은 '쾌락중추'라 불릴 수 있는 자신만의 시의 쾌락과 모듈의 시신경을 발견한다.

너는

꽃의 얼굴을 한 부엉이

구름의 탈을 쓴 잠

거룻배의 노래로 하는 약속

사과에 담긴 명랑

연필로 그린 냄새

우산에 묻어온 기차소리

물거품이 튕기는 얼굴

바다를 녹인 아이스크림

꽃향기와 노는 여우

비를 굽는 오븐

낙엽을 밟는 바이올린

호수를 들어 올린 소금쟁이

바람을 모은 수족관

뿌리가 자라는 손바닥

수국 잎에 고인 동그라미

별을 깨무는 사탕

어둠을 바른 달

봄을 삼킨 웃음

나를 지우는 나

「쾌락의 중추」 전문

인간은 본능적으로 쾌감을 추구하기 마련이다. 그 쾌감은 외부 기제로부터 가시화되기도 하지만, 근본적으로는 뇌의 한 지점을 통해 개방된다. 뇌과학자는 인간의 뇌 속에서 쾌감을 관장하는 장소를 '쾌감중추' 혹은 '쾌락중추'라고 부른다. 1954년 미국 캘리포니아 공과대학의 생물심리학자 제임스 올즈는 캐나다 맥길대학의 심리학자 도널드 O. 헵의 연구실에서 쥐의 뇌에 약한 전류를 흘려보내다가 뇌의 특정 장소에서 쾌감을 관장하는 부위를 우연히 발견하게 된다. 이 실험은 1978년 개량된 실험법을 통해 뇌내의 A10신경이라는 특별한 보수계報酬系로 발전한다. 즉 인간의 감각(신경)에 보수를 줌으로써 쾌감을 발생시킨다는 인간의 심리를 알아차린 것이다. 플러스 강화라고도 불리는 이 보수의 개념은 인간의 마음과는 다소 동떨어지기 때문에, 흔히 '쾌감' 혹은 '쾌감쾌'라는 말로 쓰인다. 사담이 길었지만, 김늘의 시에서 쾌감 또는 쾌락을 관장하는 대상은 '너'라는 대상이다. '너'는 하나인 동시에 여럿이면서, 전체이면서 부분이다. 아울러 시의 사건과 장면을 연결하고 나아가 시의 내적 논리를 연결하는 중요한 기제로 작용한다. 인용한 작품에서 '너'는 맨 처음 "꽃의 얼굴을 한 부엉이"로 묘사된다. 꽃과 부엉이의 상관관계를 떠올려 봐도 좋지만, 아무래도 상관없다. 시인에게 '꽃'이라는 대상은 마치 '모눈종이'나 '꽃마리'와 같은 대상이기 때문이다. 재미있는 것은 '부엉이'이다. 부엉이는 대부분이 야행성이어서 저녁에 활동한다. 역설적이지만 부엉이는 어두운 밤이 되어서야 더 큰 시야를 확보한다. '바라봄'을 뜻하는 볼 관觀 자는 부엉이의 모습을 본떠 만든 상형문자이다. 만물이 보이지 않는 때에 보는 것, 보이지 않는 것을 보는 것, 볼 수 없는 것을 보는 것 모두가 부엉이가 지닌 상징이자 은유이다. 그런 관점에서 볼 때 시인이 연속적으로 제시하는 이미지는 우발적인 듯 보이지만 매우 정교한 시적 논리를 갖는다. 동시에 직관적이면서도 인지적이다. 따라서 "너"로부터 발생하는 "꽃"과 "부엉이", "구름의 탈을 쓴 잠" 나아가 "낙엽을 밟는 바이올린", "호수를 들어 올린 소금쟁이", "바람을 모은 수족관" 등의 묘사는 시인이 지닌 쾌락중추의 시적 부산물이자, 이 시집 전체를 통독하는 시적 프레임으로 작용한다.

2.

김늘의 시에서 모듈의 시신경은 시의 이면에 숨겨져 있는 의미를 끊임없이 재확인시킨다. 이는 기본적으로 시의 모듈이 '전체를 다루는 부분'이면서, 동시에 그 자체로 하나의 완전한 기능을 수행하는 독립된 실체라는 점에서 그 가능성이 타진된다. 상황에 따라서는 최소한의 정보가 담긴 모듈과 색다른 모듈이 접촉하여 김늘의 시만이 가진 시적 모듈러modular를 형성한다. 이때 인지되는 모듈과 다른 텍스트의 결합 방식은 최소단위의 시적 레이어layer이면서 '아무것도 아닌' 혹은 '아무것도 없음'의 의미를 점철해낸다. 이를테면 「쾌락의 중추」의 시편 마지막에서 포착되는 '나'의 이미지는 "나를 지우는 나"로 묘사된다. 이때의 '나'는 주체이면서 동시에 타자를 뜻한다. 따라서 지워지기 전의 '나'의 모듈과 지워진 후의 '나'의 모듈은 한꺼번에 존재하면서 동시에 사라지는 부정적인 모듈러로 작동한다. 그렇다면 시인이 말한 쾌락의 중추는 결국 긍정이 아닌 부정으로 점철되고 있었던 것일까. 이는 앞서 언급한 바 있듯 시는 계획된 프레임에 예기치 않은 프레임을 작동시킴으로써 그 우발성을 무기로 삼기 때문이다. 김늘의 시는 이를 통해 "나를 지우는 나"를 'Nobody' 의 대상으로 밀어 올린다.

귀퉁이가 필요해요
검불을 태운 재의 농도가 필요해요
쌀쌀맞지 않은 의자, 시간을 요리하는 상상이 필요하죠
넉넉한 어둠은 밤의 이불처럼 편안해요
딱딱한 등을 가르고 그림자가 태어나기엔 안성맞춤이죠

날마다 백 개의 블라우스
천 개의 구두 굽
만 개의 표정들이 방문해요
거만한 고객들은 신권 지폐처럼
나날이 당당해지죠

별의 운항을 구현했다는 작품 곁에

정연한 이진법이 빛나는 계산대 곁에

설원 빛 변기 곁에서

그 모두를 돌보며 후원하는 나의 구역은 그래서,

모눈종이처럼 단아하고 꽃마리처럼 소박해요

때로는 전설 속 늑대마냥

보름달의 울분을 매달고

걸음을 풍자하는 춤을 추고 잡담을 변주해요

그러나

Everybody, Nobody

모눈종이처럼

꽃마리처럼

우리는 반듯하고

작게 아름다워서

결코 보이지 않아요

「Nobody」 전문

일반적으로 'Nobody'는 부정의 의미를 담은 주어로, '아무도 (~않는다)'라는 뜻을 지닌다. 고대 그리스 신화에서 'Nobody' 는 긍정보다는 부정의 의미를 담을 때 자주 사용한다. 대표적으로 『오디세이아』의 주인공 오디세우스가 외눈박이 거인 부족으로 잘 알려진 키클롭스를 제거할 때 사용했던 말이기도 하다. 오디세우스는 자신의 이름을 'Nobody'에 해당하는 그리스어 '우티스Οὖτις'라고 말한 뒤, 포도주를 마신 후 취해 잠든 키클롭스(폴리페모스)의 하나뿐인 눈을 가격한다. 이에 다른 키클롭스가 급히 찾아와 '누구의 짓이냐'라고 묻자, 오디세우스는 "아무도 아니다"(Nobody did.)라고 대답함으로써 자신의 존재와 안위를 지킨다. 김늘의 시에서 「Nobody」는 하나뿐인 눈(프레임)을 잃은 키클롭스의 심리적 상태를 상징하지만, 시인은 한발 더 나아가 프레임(나)이 사라진 프레임(나)의 세계를 더욱 더 세밀하게 세공한다. 이 시에서 가장 중요하게 목격되는 모듈의 프레임은 "작게 아름다워서 / 결코 보이지 않는" 대상으로 장착된다. 시인은 키클롭스처럼 외눈박이 거인 부족이 아니라, 최소한의 모듈이 우리에게 필요하다고 강조하고 나선 것이다.

이번 시집에서 그 최소한의 모듈은 '모눈종이'와 '꽃마리'로 장착된다. 인용한 작품의 접근을 돕기 위해 잠시 '모눈종이'와 '꽃마리'에 담긴 일차적인 설명에 주목해 볼 필요가 있다. 우선 모눈종이는 일정한 간격으로 여러 개의 세로줄과 가로줄을 그린 방안지方眼紙를 뜻한다. 편집의 성격에 따라 다양한 그리드(격자)가 활용되지만, 특히 사각형의 방을 만들어 나열하는 방식의 모듈 그리드Modular Grid는 지면 위에 몇 개로 나누어진 정보 공간을 설정하는 최소단위로 활용된다. 김늘의 시는 이 모눈종이가 지닌 표면적 특성에 대해 "좌우가 닮은 모양들"(「그림자를 낳은 사내」)로 지칭한다. 이 지점에서 시인은 고대 그리스 신화의 거인 부족의 모듈뿐만 아니라 안데르센 동화 속에 등장하는 '그림자'의 모듈과도 교류시킨다. 이 지점은 이번 시집이 지닌 특이점을 매우 잘 대변한다. 따라서 독자는 김늘의 시를 읽으며, 모듈과 모듈이 형성하는 다양한 모듈러 속에서 시가 지닌 중의에 빠져든다. 가령 안데르센의 동화를 모티프로 쓴 작품 「그림자를 낳은 사내」는 "불멸하는 그림자"와 "화려한 이름의 그림자", "자신이 낳은 그림자의 그림자"와 같이 인간 존재에 담긴 무의식과 정체성에 대한 다양한 진화를 보여준다. 동시에 '그림자'에 등장하는 다양한 존재(들) 또한 프레임(눈)을 상실한 우리 모두의 모습이며, 인간이 지닌 무의식과 욕망을 여과 없이 드러내는 장치가 되고 있음을 강조한다. 그런 이유로 인용 작품 속 그림자에는 "날마다 백 개의 블라우스 / 천 개의 구두 굽 / 만 개의 표정들이 방문"하게 된다.

거만한 고객으로 대표되는 그림자는 이제 "신권 지폐처럼 / 나날이 당당해"지기도 한다. 그러나 그 그림자의 당당함은 김늘의 시가 선도하는 일종의 반어적인 표현으로 선회한다. 예컨대 「반어법의 실패」를 보면, 시인은 덴마크의 화가 페더 세버린 크뢰이어를 위시하면서 "그는 반어법을 사랑했고 / 반어법의 반향을 사랑했으나 / 삶이 저 혼자 반어로 완성되어 갈 줄은 몰랐다"고 언지한다. 그러면서 "빛을 사랑할수록 빛을 잃게 될 줄을 / 가슴에서 퍼 올린 밀어가 폭군의 말이 될 줄은 / 괴물 같은 자신이 잊힐까 꽃잎처럼 연약해졌을 때"에 주목한다. 이러한 존재의 모습 속에서 시인은 결국 "Everybody, Nobody"를 선언하기에 이른다. 이는 늘 자기혐오와 불안 그리고 주객이 전도되는 삶에 대한 허구성을 반어법처럼 달고 살았던 세상 사람들에 대한 성토이면서, 자기중심적이고 자기 과시적인 무의식과 심미적 불편함을 완곡하게 드러내는 표현이다. 따라서 「Nobody」와 「그림자를 낳은 사내」와 「반어법의 실패」 등으로 이어지는 프레임과 프레임의 상실은 결국 "그 모두를 돌보며 후원하는 나의 구역은 그래서, / 모눈종이처럼 단아하고 꽃마리처럼 소박"하기를 소망하는 시인의 염원으로 연결된다. 김늘의 시는 비록 우리가 모두 아무것도 아닌 존재로 인식될지라도 "모눈종이처럼 / 꽃마리처럼 / 우리는 반듯하고 / 작게 아름다워"지기를 바란다.

3.

시인이 천명하는 정체성에 관한 물음은 '나'에 대한 시적인 모듈을 회복하려는 관성에서 출발한다. 이는 자기만의 시선(프레임)을 갖춘 개체이든 아니든 간에 시인이 인정할 수밖에 없는 중층적인 레이어이자 모듈러이다. 그런 관점에서 바라볼 때 김늘의 시에서 중요하게 언급되는 '꽃마리'는 그의 자의식을 이해하는 데 매우 중요한 시적 기제가 된다. 일반적으로 꽃마리는 우리 주변에서 흔히 볼 수 있는 식물임에도 불구하고 사람의 눈에는 잘 띄지 않는 봄꽃이다. 지치과의 두해살이 풀로 작고 섬세하면서도 청초한 아름다움을 가진 꽃으로도 정평이 나 있지만 육안으로 식별이 불가능해 그 아름다움을 쉽게 포착하지 못한다. 줄기는 10~30cm 정도로 작게 자라며, 꽃잎 또한 2~3mm로 깨알처럼 피어나는 탓에 카메라의 접사 렌즈를 통해 확대하거나, 신경을 곤두세워 들여다보지 않으면 꽃마리의 실체는 분명 존재하지만 존재하지 않는 대상처럼 여겨지기도 한다. 앞서 살펴본 'Nobody'로 대변되는 존재의 아무것도 없는 상태, 맥락에 따라서는 보잘것없는 존재의 의미를 그대로 각인하기 때문이다.

하지만 이 세상은 명확하게 드러나지 않는 표식에는 그다지 큰 관심을 갖지 않는다. "당신과 내가 악수하며 / 같은 혈족임을 확인해도 좋을 분명한 표식"(「흉터」)을 보여주어도 모듈의 유기성은 제대로 작동하지 않는다. 그래서 시인은 "아무 데나 부려 놓을 수 없이 넘치게 핀 꽃을 사세요 / 투박한 손이 직접 기른 섬세한 향기를 사세요"(「꽃장수」)라고 외쳐보기도 하고, "얼마나 많은 별똥이, 얼마나 많은 천둥이", "얼마나 많은 바람이, 얼마나 많은 그늘이"(「느티 그늘 아래」) 이마 위를 흘러가고, 겨드랑이에 머물다 가는지를 이야기하며, 주객이 전도된 인간 존재의 모습을 회복하려 든다. 하지만 그 누구도 끝내 알아채지 못한다. 김늘의 시는 그런 세상을 향해 다시 한번 "작고 못난 눈들이 / 놀림 받아 풀죽던 그 '새우눈'이 / 얼마나 반듯한지 한 번 보시라구요"(「새우눈이랍니다」)라고 성토한다.

김늘의 시에서 자기 존재 가치에 관한 물음은 '나'에 대한 새로운 인식이면서, 자신을 새로운 동일성으로 회복할 수 있는 밑거름이 된다. 시인은 "다가올 시간의 냄새를 잘 맡는 노파처럼"(「자귀나무 꽃 피어나는 집」) 반짝이는 전율을 상기하기도 하고, "괘종시계의 시침 같은 깨알의 시간"(「거북아, 거북아!」)을 건너 세월을 늠름하게 버티기도 한다. 스피노자는 이러한 마주침의 과정에서 인식의 변화와 감정의 변화를 동시에 겪게 됨을 상기시킨다. 이는 '변양變樣'과 '감응感應'의 감정으로 몰입된다. 이 변양과 감응에서 오는 차이생성은 이번 시집 전반에 등장하는 시적 화자를 지속해서 타자화하면서도, 시간 속에서 변해가는 정체성을 끊임없이 '나'라는 존재로 존립해나간다. 시인은 그러한 이율배반적인 상황에서 '밀고자'의 이미지를 떠올리기도 하는데, 이는 "어제와 다를 것 없는 오늘에, 어제와는 다른 오늘에, / 내일이면 달라질 것에, 내일이 와도 변치 않을 그것에 / 안달하는 그

자를 유리병에 가뒀어야 했다"(「밀고자」)라는 말로 집약된다.

그렇다면 왜 시인은 "밀고자는 '나'라고 쉽게 발설해 버리는 / 가벼운 그 입을 / 그리지 말았어야 했다"라고 말하는 걸까. 타자(밀고자)에 의해 자신의 존재가 규정되는 그 상황이 불편했던 것은 아닐까. 물론 추측만으로는 확언할 수 없지만, 시 작품 속 화자는 끊임없이 "발아되지 못한 철 지난 사랑의 발성법으로 / 혹은 서툰 복화술로 중얼"거린다. 강조하자면 이러한 시적 이미지는 "전할 수 없던 어떤 전언 / 미처 와닿지 못한 미결의 기억처럼" 김늘의 시세계를 끊임없이 자전시킨다. 나와 타자되기가 반복됨에 따라 결국 시인에게 포착되는 주어는 「Blind」에서 보이듯 "얼음처럼 파랗게 녹아"내리거나 "흘러내리는 윤곽들"과 "이름들"만 남게 된다. 동시에 그 보얗게 웃는 얼굴을 보며 "웃음을 만져보려 해도" 소용없는 존재들로 귀착된다.

그런데도 김늘의 시에서는 "오늘이 며칠인지 안다면 당신이 누구인지 밝혀낼 수 있을" 거라고 자조한다. 하지만 이마저도 쉽지 않다. 시인은 "나, 어디서 왔나요?" 혹은 "나는 무엇이 될 수 있나요?"(「봉지」)라며 자기 삶의 근원에 관한 물음과 무의식에 담긴 최소한의 심리적 모듈을 작동하려 노력한다. 이 모습은 「그림자를 낳은 사내」에서 보았던 '나'와 '당신'의 자리바꿈의 연장선인 동시에 자기 정체성의 회복과정으로 그려진다. 따라서 「Blind」에서 상징적으로 표출되는 "당신은 누구인가?", "그 이름은 나의 것인가?", "여보세요! / 혹시 내가, / 누구일까요?" 같은 문장은 사실상 시인의 다분화된 모듈이면서, '침묵'을 향한 시인만의 심리적 모듈러로 인지할 수 있다.

침,

묵,

나의 본명입니다.

삐걱이는 의자 위에 내려앉는 저녁처럼

몇 알 밥풀이 남은 그릇에 떨어지는

한밤의 정적처럼

읽다 만 책 위로 쌓여가는 부연 망각처럼

나의 장기長技는

표정 없는 표정

말없는 이야기

그림자의 그림자

어쩌면

얼룩이 토해놓은 울음

거울에 남은 짧은 응시 같은 것

기울어가는 빈집 처마에

가볍게 살랑이는 적막 같은,

끝내

기억나지 않는 어떤 꿈

어쩌다

몸이 떠난 곱게 낡은 옷

「침묵」 전문

113

이제 김늘의 시에서 '침묵'은 어쩌면 당연한 수순이자 결과로 여겨지기도 한다. 다만 침묵 그 자체가 시적 화자의 본명이라고 선언하는 부분에서 미처 제대로 해결하지 못한 시적 의미의 부산물이 부유한다. 우선 이 작품에서 "나의 장기長技는 / 표정 없는 표정 / 말 없는 이야기 / 그림자의 그림자"로 집약됨을 확인할 수 있다. 말하지 않고도 말을 하는 방식의 모듈은 앞서 살펴본 '모눈종이'나 '꽃마리'의 모듈 특성과 맞닿아 있으며, 시적 사유 또한 그 인식의 프레임 선상 안에 있다고 추측된다. 따라서 시인은 이 작품에서 침묵의 주체 또한 '그림자'로 설정한다. '그림자의 그림자'가 지닌 침묵은 반듯하고 '작고 아름다운 세계'를 넘어, 울음과 같은 내면의 음성을 포함하는 대표적 표지로 작동한다. 「Nobody」에서 언급한 모눈종이에서의 평범한 직선이 이 지점에 와서 침묵을 통해 모듈의 입체감을 형성하고, 나아가 꽃마리를 접사 렌즈로 바라보기 시작한 어떤 시적 세밀함이 더해진다.

이는 「Nobody」에서 인간 존재의 외형적인 모습이 단순하게 묘사되고 포착되었다면, 「침묵」에서는 그 외형의 사건뿐 아니라 그림자의 그림자가 지닌 내면과 심리 상태를 시인의 존재와 접촉함으로써 시인이 상기하는 모든 시적 사유를 실존적 맥락으로 끌어당기는 역할을 한다. 이는 현재 시인이 경험하고 있는 다양한 시적 화자의 모습을 반추시키면서, 하나의 침묵으로 다양한 의미의 침묵을 이야기하는 효과를 발생시킨다. 예를 들면 덴마크의 화가 빌헬름 함메르쇠이를 떠올리면서 "당신이 아니라 / 당신의 침묵을 붙들게요"(「먼지의 바깥」)라고 말하기도 하지만, 다른 쪽에선 "눈물처럼 시든 잎에 매달린 침묵"(「울울한 날들」)과 "촘촘한 침묵의 실타래 속"(「거북아, 거북아!」)을 번갈아 드나

든다. 결국, 김늘의 시가 지향하는 삶에서의 침묵은 그 누구라도 자기 삶의 진정성을 깨닫지 못하면, 인간은 "끝내 / 기억나지 않는 어떤 꿈"처럼 침묵할 수밖에 없는 존재임을 각인시킨다. 그런 이유로 시인은 자신의 본명을 침묵으로 택하기도 하고, 동시에 침묵의 바깥에 놓인 대상으로 인지하기도 한다. 마치 "시로 잉태되지 못하고 가까스로 태어나 / 멀뚱히 앉아 있는 / 깨어진 밤의 tl"(「tl」)처럼 어쩌면 자신의 삶을 오타로 인지함으로써, 자신의 침묵에 내재한 자기동일성의 중층적이고 우발적인 모듈러를 자기 탄생의 인식으로 되돌려 놓는다.

4.

그렇다면 시인이 암묵하는 자기 탄생의 배경에는 어떤 의미가 숨겨져 있을까. 이미 시인은 자신의 본명을 침묵이라고 말한 바 있다. 또한 "나는 사막을 품은 사내에게서 태어난 모기"(「모기」)이거나, "때로 나는 / 물마루를 내다보는 바닷가 언덕의 빈집"이자 "허물어진 담 아래 빗물 고이는 슬리퍼 한 짝"(「때때로 나는」)으로 정의하기도 한다. 시적 화자의 위치를 단 하나의 관점으로 규정할 순 없지만, 어림짐작해 보자면 종국적으로 시인은 자신의 심리적 탄생 배경을 '여행'이라는 모듈로 집약시킨다. 김늘의 시에서 여행이라는 프레임은 크게 예술가에 대한 사유와 이국에 대한 장소로 모아진다. 예술가의 경우 '안데르센'이나 '페더 세버린 크뢰이어' 혹은 '빌헬름 함메르쇠이', '레오 리오니', '백남준' 등으로 집약되고, 여행 장소에 관한 이미지는 크게 「홋카이도」, 「La Paz」, 「Where are you from?」, 「사팔눈 소녀」, 「여행가」, 「엽서」 등으로 정리된다. 시인은 왜 여행이라는 모듈을 자기 정체성의 본연으로 확보하려는 것일까. 「물끄러미」라는 작품을 통해 살펴보자.

엄마 롤리팝을 주세요
해를 굴리는 지평선처럼 평평한 혀에
유월의 칸나를 굴리게요
혀를 물들이며 다리를 까딱이며
소음 같은 음악도 씹어보게요
누구에게나
공터 하나씩은 있는 거잖아요
밀림의 게릴라처럼 몸을 낮춰
초록 덤불 사이를 질주하다
외발 위에서 굴리던
둥근 하루에
분홍 하품이 찾아들면
누렁이처럼 몸을 말고
처마에 매달린 빗방울을 보게요
빗방울에 맺혀
거꾸로 세상을 구경하게요

「물끄러미」 전문

물끄러미의 사전적 의미는 우두커니 한 곳만 바라보는 모양을 뜻한다. 시인은 이제 침묵하는 존재에서 자신의 유년에 대한 기억을 '물끄러미' 관조하는 방식의 존재로 전환한다. 그 과정에서 자기 존재 혼란의 인과를 확인하게 되는데, 그것은 "누구에게

나 / 공터 하나씩은 있는 거잖아요"라는 매우 인상 깊은 문장으로 나타난다. 그런 의미에서 이 작품에서 시적 화자가 엄마에게 요구하는 롤리팝은 단순한 막대사탕의 의미를 넘어선다. 어쩌면 롤리팝은 사탕이 녹는 동안 기다려야 하는 자기 고뇌의 개념일 수도 있다. 화자는 엄마에게서 받아든 롤리팝을 입에 물고, "소음 같은 음악"을 씹는 기분으로 스스로의 마음을 다스려 나간다. 자신의 정체성에 대한 혼란 또한 '물끄러미' 세상 풍경 속에 맡겨둔다. 하지만 그 시간이 지속될수록 화자의 불안은 커지고 존재에 대한 상실감은 더욱 아슬아슬해진다. 마치 "처마에 매달린 빗방울"처럼 세상에 매달리기도 하고, 오히려 담담하게 "거꾸로 세상을 구경"하는 법을 몸과 마음으로 체득하기도 한다.

처마에 매달린 빗방울처럼 거꾸로 세상을 구경하는 방식은 시인에게는 새로운 프레임의 시작이자 귀결의 모듈이 된다. 이러한 시적 관성은 "나는 여기가 아닌 거기에 있어야 해요 // 분명히 말하지만, // 내가 원한 것은 // 이것이 아니라 저것이란 얘기예요 // 이렇게 웃고 싶었던 게 아니라 // 그렇게 울고 싶었던 거라구요 // 그저 그런 것에 붙들려 // 오직 이것만은 낭비하고 싶지 않았을 뿐이라구요."(「몽유 2」)라는 문장을 통해 가장 빨리 확인된다. 이제 그 감정은 마치 "무엇도 아니면서 / 그 모두인 어스름"(「늪의 마음」)의 오랜 열망으로 완성되는 무늬가 되기도 하고, 시인이 궁극적으로 지향하고자 하는 시적 본향에 대한 안부가 되기도 한다.

'지금 어디야?'라고 당신이 묻는다면
한 번쯤 나는 이렇게 답할래

'La Paz'

먼 바다 먼 산맥 너머에 있어

달려가는 꿈만으로도 숨이 턱에 차는 곳

그래도 꾸역꾸역 눈맞춤하고 싶은 곳

부신 태양빛에

중절모의 여인들이 아득하게 눈을 뜨고

하늘이 가까워 욕심 없이 웃게 되는 곳

옹기종기 모여 앉은 마녀시장 구멍가게 가판에

물기 잃은 라마와 약초가 흔들흔들 경쾌한 박자를 맞추는 곳

우유니, 티티까까, 우로스

마법의 주문 같은 이름들이 있어

하늘로 오르는 나무가 자라고

바다로 통하는 별이 뜰 것 같은 곳

곰방대 닮은 봄빌라로 마테차를 마시며

세월아 네월아 하냥 시간도 잊고 싶은 곳

많은 것이 귀하지만

모자랄 것도 없는 곳

바람이 까딱까딱 빨랫줄을 흔드는 날이면

폭신한 구름 베개에 기대

청포도알을 머금듯

그렇게 말해보고 싶은 이름

'La Paz'

「La Paz」 전문

시인이 언급한 여행지는 세계에서 가장 높은 곳에 있는 도시 '라파즈La Paz'이다. 라파즈는 볼리비아의 수도이면서, 무려 3,600m의 고지에 위치한다. 작품 속의 화자는 '당신'으로 대변되는 누군가가 "지금 어디야?"라고 묻는다면 라파즈라고 답할 것이라고 말한다. 여기에서 표명되는 '당신'은 지금까지 언급한 '당신'일 수도 있고, '나를 지우는 나'일 수도 있다. 중요한 점은 라파즈라는 공간에서 시인은 자기도 모르게 자기 정체성의 프레임과 모듈의 시신경을 재확인하고 있다는 점이다. "달려가는 꿈만으로도 숨이 턱에 차는 곳", "하늘로 오르는 나무가 자라고 / 바다로 통하는 별이 뜰 것 같은 곳", "세월아 네월아 하냥 시간도 잊고 싶은 곳", "많은 것이 귀하지만 / 모자랄 것도 없는 곳"에서 자기 존재의 가치를 회복하는 것이다. 지금까지 시인은 다른 여행길에서 한국의 어느 도시에서 왔냐는 외국인의 질문에 "나는 당연히 서울에서 왔다고 했고 이 낯모를 파란 눈을 경계하며 한국의 거리에서처럼 도를 아느냐고 묻는 상상을 했다"(「Where are you from?」)라고 이야기한 바 있다. 이때 화자는 파란 눈의 남자와 서로의 이름을 통해 소통하지만, 결국 서로의 이름은 "거리의 소음에 쉽게 흩어"짐으로써 그 정체성은 영영 회복되지 못한다. 하지만 라파즈는 다르다. 라파즈는 "지금 어디야?"라고 묻는 모든 타자의 물음에 "Nobody" 혹은 "Everybody, Nobody"라고 답하지 않고, "La Paz"라고 말해줄 수 있는 시인만의 '쾌락중추'이다. "많은 것이 귀하지만 / 모자랄 것도 없는 곳"에서, 김늘의 시는 오늘도 모눈종이와 꽃마리와 같은 반듯하고 작고 아름다운 모습의 시적 모듈을 '결코 보이지 않게' 구축하고 있다.

시인 김늘

전남 곡성에서 태어났다. 청주교육대학교 및 한국교원대학교 대학원 미술교육과
를 졸업했으며 2017년『애지』로 등단했다.

모악시인선 025

롤리팝을 주세요

1판 1쇄 찍은 날 2021년 9월 23일
1판 1쇄 펴낸 날 2021년 9월 30일

지은이 김늘
펴낸이 김완준

펴낸곳 모악

기획위원 김유석, 유강희, 문신
출판등록 2016년 1월 21일 제2016-000004호
주소 전북 전주시 덕진구 기린대로 418 전북일보사 6층 (우)54931
전화 063-276-8601
팩스 063-276-8602
이메일 moakbooks@daum.net

ISBN 979-11-88071-36-4 03810

값 10,000원